句集

鵜ノ尾岬

小泉展子

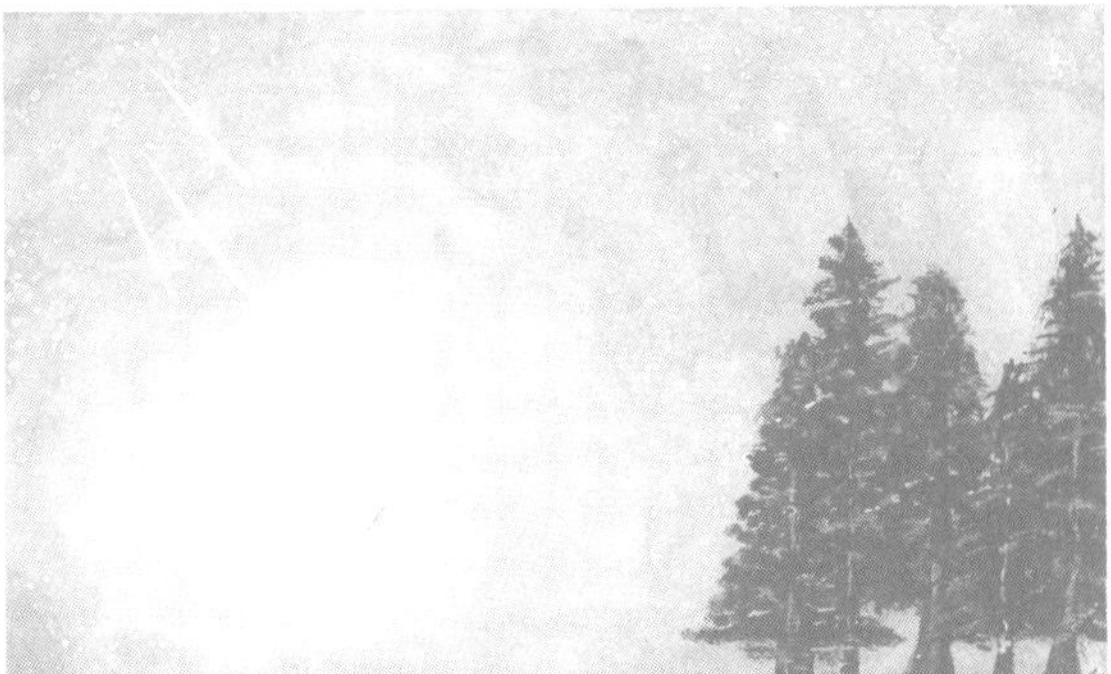

朔出版

序

紅梅の咲き初むる日の赴任かな

初つばめ初日直の日なりけり

一集は二十代の瑞々しい句から始まる。英語教師として任地へ赴いた時の句である。何もかも初めての経験を率直に詠んでいる。若い頃の句を持っているのは幸せである。その時代に取りこぼしたものは後になって掬うことはできない。やがて伴侶を得、等身大の幸せな家庭を築いている。その若き日を締めくくるように、

父の字の丸く綿虫の便りあり

と、赴任地での暮しを心配する父親の便りが詠まれている。綿虫はその後の章でも父親のキーワードのように、

卒寿なる父の眼差し雪ぼたる

と詠まれるが、娘をあたたかく見守った父親の思いに応えたのが句集『鵜ノ尾岬』であると私は思っている。

「紅梅」の章の潑剌とした詠みぶりに、入門当時の師である阿部みどり女の喜びが目に浮かんでくる。

父親の勧めで始めた俳句であるがその血は争えず、中断後再開した折には、

炎天の隅々までを草揺れず
寒雁にまみえて今日を新たにす
白鳥は残像となり沼の春

と、格調高い句を詠んでいる。一句目の目の配り方はちまちました事柄に囚われず、視野を大きく広げ、自然と向き合っている。二句目は対峙ではなく、自然の抱擁である。寒雁に出会えたことを喜びとし気持を新たにする生き方は、自然への挨拶である。三句目では過去を惜しみつつ今を慈しんでいる。ここに明確な俳句作法を見ることが出来る。

こう書いて、私は展子さんの父上である只野《ただの》柯舟《かしゅう》氏を思い出す。氏は阿部みどり女を師とし、一句で読者を感動させる俳句の名手であった。まさに「ちまちませず」「双手をあげて自然を受け入れる」というのは氏の俳句信条であった。展子さんはその教えを体をもって学んでいる。

父親、柯舟の見た自然はとりも直さず、展子さんを育んだ風土でもある。穏やかな松川浦湾と荒々しい太平洋に面した鵜ノ尾岬は優しさと激しさの二面性を持つ。

寒椿一輪二輪怒濤音

割れ胡桃寄せて激しき春の海

台風過人も地蔵も潮くさき

潮風に二本足ですっくと立つ作者が見える。しかしこのかけがえのない地が脆くも崩れる事件が起きる。二〇一一年の東日本大震災である。

仰ぐこと忘れゐし日々木の芽風

五月雨や津波に耐へしものに沁む

人住めぬ町の信号秋の蝶

寒日輪除染除塩の地を渡る

津波、そして原発事故である。感情を抑えて詠んでいるが、実際はもっと辛く生々しい経験をされている。別の地に住んでいたお孫さんは津波の黒い水が

耳に流れ込んだ。幸いご無事であったが、

六年の仮設出るとふ木の芽風

は、娘さん一家の事かも知れない。更にこの時期、追い討ちを掛けるようにご両親はじめ義母や親しい人を亡くされている。

茶毘の日の綿虫漂ひゐたりけり

ちちははの逝きて山河の冬ざるる

告別の風の道見ゆ冬すすき

ひしひしと思いの伝わる静かな句群である。

そして震災からの復興の象徴となる一つが相馬野馬追祭である。実家の祖父はかつて野馬追の武士として参加している。

野馬追の出陣槍の先動く

厳かに父祖の甲冑祭来る

祭終へ草食む駒となりゆけり

滞りなく祭が出来るのは心の拠り所である。そしてもう一つは鵜ノ尾岬にある師弟句碑を守ることである。津波前に建てられた句碑は〈菜の花や岩を曲れば怒涛見ゆ　みどり女〉と〈千鳥来て砂の眠りを呼び走る　柯舟〉の二つ。津波でみどり女句碑は数メートル程崖下へ流され、うつ伏せ状態に。立入り禁止時期も長く、地形も変わってしまったが、二つが並ぶように展子さんのお骨折りで建っている。その後ご夫婦の同時入院なども経験するが、潮風に鍛えられた芯の強さで克服され、お目にかかる時の展子さんはいつも明るく笑顔である。句集の結びは、

大年の日に隠れなき句碑二つ

である。鵜ノ尾岬にある句碑を標として、これからも俳句人生を力強く歩まれるに違いない。本句集の上梓を心よりお喜び申しあげる。

令和五年十二月吉日

む亭にて　西山　睦

句集　鵜ノ尾岬　目次

句集

鵜ノ尾岬

紅梅

昭和四十四年〜昭和四十五年

十一句

昭和四十四年

紅梅の咲き初むる日の赴任かな

初つばめ初日直の日なりけり

強霜や通勤の道遠くなる

息を吐く寒さを知りて朝仕事

昭和四十五年

赴任地に二度目の春や父母の愛

我が夫と呼ぶべき人や冷奴

「さいな」とは子等のあいさつ秋夕焼

脱穀の音ひびきくる村の夜

風呂を焚く杉のにほひや冬来る

炉ほとりに指折り数へ客を待つ

父の字の丸く綿虫の便りあり

寒雁

昭和六十年～平成十年

六十六句

昭和六十年

翳りゆく海寒々と揺れ動く

たんぽぽやストあけ電車走り行く

乳呑み児の目にたぢろげり梅雨明けず

炎天の隅々までを草揺れず

秋刀魚欲り単身赴任の夫帰る

毛糸編むこころ手元を離れゆく

雪しぐれ去り日輪を愛しめり

昭和六十一年

風を溜め日を溜め桃の蕾かな

うろうろと春愁の日々過ぎてゆく

父母の庭二房のライラック

友を連れ北風を連れ子が帰る

昭和六十二年

寒雁にまみえて今日を新たにす

囮鴨友となりたき人に会ふ

卒業の子にめぐりゆく月日かな

昭和六十三年

山恋ふる父のつぶやき夏に入る
母の日の子となり母となり過ごす

子の背丈母に追ひつく夏休み

寄り合へば炎ふくらむ曼珠沙華

枯枝の山繭青き眠りかな

平成元年

昭和との別れ激しくどんど燃ゆ

秋の蟬心に澱むものあらば

病む犬に見つめられたる雪催

平成二年

栗駒山の残雪粗き音を踏む

母子草に添ひて淡きは父子草

鳥どちの噴き出してくる麦の秋

ラケットを持てば青年冬うらら

平成三年

段々の山墓彼岸のけづり花

夏まつり山より神輿下りてくる

日本海平らに泰山木の花

水音を山の音とし文字摺草

平成四年

潮騒の句碑守りとして冬椿

初蝶の白さ疾風の中を来て

ネクタイの結び目堅く入学す

春星の一つ病む猫立ちあがる

平成五年

春の山心解かれてゆくばかり

つき出せる子の手の大き衣被

重陽の祝賀金婚の父母ありき

綿虫のぶつかり来る激しさも

冬茸採る母の声華やげり

木の影の曇る薄氷あるところ

平成六年

啓蟄や娘は初めてのルージュひく

白鳥は残像となり沼の春

切株の朽ち若草のあふれたる
野馬追の出陣槍の先動く

歳晩や無口なる子は髭を剃る

山の松少し褪せたるお正月

平成七年

ハイカラを愛でし祖母の忌文化の日

野茨の棘の鋭し十二月

恋を知る娘の耀けるクリスマス

平成八年

白鳥の眼の黒々と東風吹けり

割れ胡桃寄せて激しき春の海

阿武隈の雨後の山並鯉のぼり

青梅や自立してゆく子の匂ひ

船影のふくらみ歪む遠花火

平成九年

冬の海父母のゐて淋しき日

金縷梅やちりちりちり咲きて影もてり

青海苔の乾くをかじりほの鹹き

初蟬や単身赴任の終る朝

あまた飛ぶ蜻蛉のゆくへ太平洋

平成十年

あすなろとふ大樹を仰ぐ初詣

男鹿の旅　二句

刳舟奉りし社八重桜

なまはげの面かかげたる春炉かな

諍ひの心でこぼこ葱坊主

厳かに父祖の甲冑祭来る

坐りたる石の涼しき句碑二つ

子育ての語り尽きざる煮いちじく

菊日和

平成十一年〜平成十五年

四十七句

平成十一年

雪空に日輪の窓ありにけり

堅香子の花を恋ひ来し峡の宿

一舟も見えざる浦の春逝けり

荒海の蒼濁りたる花茨

裏道を駒帰りゆく大夕焼

落蟬の残る命を歩きけり

妙見の森の日絞る秋の蟬

草虱昨日のページよりこぼれ

平成十二年

新年の焚火人の輪継がれゆく

あたたかや歩けば心しなやかに

杉山を吹き濁しゆく涅槃西風

靴下の真白の眩し入学期

海鳴りの激しき日なり燕来る

白波の翼広げて北寄船

麦秋の兆し遠目に蜑の村

落日の海平らかに滝こだま

朝風の夕風の白曼珠沙華

空稲架を解かぬ山里野菜売る

濃き味のそば啜り合ふ師走かな

平成十三年

野水仙はらりと活けて句会かな

シャツ釦二つはづせり梅雨晴間

定年の花束を抱く夫の夏

はたた神去り山被く大夕日

一本の佳しと淋しと曼珠沙華

秋深し眼鏡はづせば父似とや

平成十四年

修正液吹き乾かせり初日記

豆を撒き漢都会へ戻りゆく

香煙の母を包める遅桜

身の芯の屹と立ちくるかき氷

小さき炎を母と育てて盆送る

木漏れ日の句碑の明暗つくつくし

嫁がせて二人の朝菊日和

平成十五年

人の波ひきて初日の金色に

指緊めて陶土に対ふ四温かな

春の雪珈琲豆を計る音

飛び乗りし鈍行列車鳥雲に

沖縄の旅　二句

降り頻る病葉首里の石畳

流れ寄る珊瑚のかけら夏帽子

夏つばめ広き青空窪ませて

眼疲れや薔薇の裏側見てゐたる

手拍子の涼しき「相馬流れ山」

一盞を干し出陣のお野馬追

祭終へ草食む駒となりゆけり

暑き日の正座の父として在す

潮寂びの碑洗ふ蟬しぐれ

凶作の村とふ太き鶏頭花

鶏頭や活断層の走る村

みどり児

平成十六年〜平成二十年

四十七句

平成十六年

胎動をてのひらに受くお正月

また一つ祈ぎ事増ゆる初詣

海の色変へつつ春の雪降れり

穏やかに母となる子や初蝶来

何もかも柔きみどり児夏初め

指しやぶる嬰の涼しき海の風

初秋の地に投げらるる舫ひ綱
すがれゆくものにこそ冬の太陽

綿虫を掬ひこぼせり小さき旅

寒椿一輪二輪怒濤音

平成十七年

子規の碑へ誘はれゆく大ばつけ

ばつけ＝ふきのとう

這ひ這ひの稚の眸いちづ桃の花

職退きし夫と螢火追ひにけり

陶土練るリズムを分つ威銃

台風過人も地蔵も潮くさき

夫の背に即かず離れず茸狩

潮騒の子の住む町や星月夜

九州の旅　四句

荷を二つ曳き黄落のエアポート

あをあをと牧水の海ピラカンサ

山並は涅槃の容冬に入る

木の葉散る知覧の空をまた一葉

平成十八年

どんど火の猛りて夜の雨を干す

待春の童女のごとく母在す

音もなく散りゆく桜腕組まな

たんぽぽもばつけも呆けまたぎ村

吾が父祖の雄姿遥けしお野馬追

名を得たる赤子の眠り蟬しぐれ

雨降りを寧日として稲の秋

牛の尾の散らす山の日草紅葉

大年の荒海五体揺さぶりぬ

平成十九年

児はぢぢに抱かれ眠る雛の宴

一番に春風の乗る列車かな

大玻璃を浦舟のゆく夏料理

山並へ眠らぬ案山子傾きぬ

合掌は言葉のひとつ父の秋

鶺鴒の来て鬼房の碑を叩く

卒寿なる父の眼差し雪ぼたる

逝く年の潮のうねりを見て戻る

平成二十年

拝めば浦の面を初日影

あをあをと開く初空鳶の笛

燃え残る流木五日の海の紺

旅といふ暮しの隙間春を待つ

渚へとつづく足跡涅槃西風

産土の海山愛す初桜

黙々と児の砂遊び広島忌

潮騒の押し上げてゆく後の月

数へ日や少しいただく山の松

黙禱

平成二十一年〜平成二十五年

六十四句

平成二十一年

四世代の旅人といふ幸雛の宿

会津もめんふ購ふ路地や花曇り

嫁欲しと言へよ息子よ万愚節

久々の夜の針仕事蛙鳴く

墓標なる縄文の石遠郭公

名を呼べば無垢の笑みあり生身魂

握り合ふ父の手力年惜しむ

平成二十二年

走り来る児を抱きとめて初笑ひ

寒晴の鳶阿武隈山の風に乗れ

今日も海荒れて椿の咲く岬

赤子抱く母へ差しやる春日傘

能登の旅　二句

初夏の潮のせまる大棚田

地震ありし地の美しき植田かな

旅終へて崩れし薔薇を愛しめり

お野馬追空ぢりぢりと展きゆく
出陣の空へ法螺の音鬼やんま

六万石城址炎上曼珠沙華

人住まぬ生家となりぬ冬の月

平成二十三年

東日本大震災

つながらぬ電話待つ夜や春寒し

無事のメール余寒のこぶし握りしむ

仰ぐこと忘れゐし日々木の芽風

津波引く田を春禽の啄めり

抱きしむる幼なの鼓動すみれ草

復興の煙一条あたたかし

入学の子の声透る仮校舎

鯉のぼり泳ぐ浦里瓦礫山

母逝く

若葉風午睡のやうに母逝けり

万緑へ戸を開け放つ七七忌

母の星天へ加ふる梅雨の明

枇杷熟るる列車通はぬ町となり

短夜や淡きは母の星ならむ

復興の法螺の音野馬追祭来る

黙禱を捧げてよりの祭かな

嬰あやすでんでん太鼓広島忌

みどり女句碑被災

句碑ひとつ何もなかつたやうに秋

毀されし生家つくつくぼふしかな

父逝く

晩菊や手に温もりを残し逝く

茶毘の日の綿虫漂ひゐたりけり

洋梨のごろりと卓に初七日

ちちははの逝きて山河の冬ざるる

数へ日の喪の旅白き川渡り

平成二十四年

若水を海へ形見の硯かな

戻れば一碧の川浮寝鳥

一番星二番星軒氷柱伸ぶ

沢やがて名のある川へ雪間草

山国の春の雪また夜に降れり

猫柳ほこほこ父母の供花とせむ
ただ美しと刻む今年の桜かな

幼子の足し算の日々つくしんぼ

生家ありし地へ皓々と春の月

桐高く咲いて里人田に畑に
そよ風のあやめ草母想ふとき

悼　角野和子さん

君あらばそこが日溜り石蕗の花

海鳴りや灯る家なく冬ざるる

平成二十五年

雪解村生みたて卵の幟立つ

走り込む青年の息初ざくら

幼子の双手の空を鳥渡る

母は子を子は母を追ふ遅日かな

投函をしてより旅へ初夏へ

五月雨や津波に耐へしものに沁む

浦舟の簖の間ゆく晩夏かな

阿武隈山をいく度越えし葛の花

人住めぬ町の信号秋の蝶

ざわざわと鮭のぼる川忌の近し

花筒

平成二十六年〜平成三十年

七十七句

平成二十六年

寒日輪除染除塩の地を渡る

好きな席好きな景あり春を待つ

早春の硬き日の粒さざら波

三月や花筒ひとつ海の辺に

黙禱の波音すさる春北風

父と歩を合はせ歩きし山桜

鉄線花ひねもす雨の忌を修す

駒草や父の眼差し背にあり

被災地をゆく濁り川紅蜀葵

除染土を仮置く山や霧深し

新しき町の案内図小鳥来る

校舎より金管の音十三夜

山眠る眠らぬ海の真青なり

義母逝く

告別の風の道見ゆ冬すすき

三七日の母へも冬至南瓜かな

平成二十七年

供花ほろとこぼれし畳初昔

七七忌近き寒暮の灯を点す

明日の晴れ恃みて淡き梅雨北斗

新盆や母の文机片寄せて

子ら帰り仏も帰る秋の蟬

雲梯の子のひらひらと天高し

校歌より始まる宴良夜かな

島々へ闇寄せてゆく小晦日

大三十日見事に風のなき日なり

平成二十八年

日に祈り碑を拝みぬ大旦

初みくじ漢字とばして読む子かな

初鏡潮の匂ひの髪を梳く

復興の旗裏返る春遅々と

四国の旅　三句

黒潮ゆく鯨の話山笑ふ

行く春や醤の匂ふ島の朝

忘れ潮跨ぎ小島へ百千鳥

産土に飢饉の史あり花は葉に

海鳴りの眼裏寂し麦の秋

ウイスキー山清水割り古稀の夫

陸上げの浦舟並ぶ魂祭

遠き子の電話台風圏に入る

平らかに山の日渡るみどり女忌

山並を表に裏に稲を刈る

空き増えてゆく仮設棟すがれ虫

常磐線開通

着ぶくれて待つ復興の列車音

笛の音は海神のこゑ里神楽

平成二十九年

寒晴や青竹に結ふ大漁旗

子を迎ふ道はればれと麦芽ぐむ

独り身の子へたつぷりと根深汁

父の魂揺さぶりし海春立ちぬ

眼福の空引き鳥の消ゆるまで

六年の仮設出るとふ木の芽風

桜咲くだあれもゐない船溜り

祈りつつ受く夜の森の花吹雪

母の忌やひねもすポピー揺れやまず

般若心経めくる涼風七回忌

郭公や櫨の木魂を呼びさます

沙羅の花懇ろに掃き入院す

手術後の麦茶のうまし仄明かり

黙禱やおんおんと聞く蟬しぐれ

海の夏惜しむ外泊許可の夫

秋黴雨目つむる胸に放射線

夫の病舎はひと山向かう赤とんぼ

快気祝とて今年米ずしと受く

一駅を過ぎ山尖る厄日かな

鳥群るる鮭の川とは生臭き

母の忌の花柊に日の届く

新築に飾る流木クリスマス

逝く年の夕焼淡し潮くさし

平成三十年

新年の鐘かの海へ打ちにけり

月食や無辺の冬芽騒めける

野仏に並ぶあららぎ寒椿

磨かるる荒磯の小石鳥雲に

報告の一つを胸に墓詣

秋風鈴止まざる風の眠るまで

いつか忌の過ぎぞくぞくと曼珠沙華

草木の匂ひ立ちくる今日の月

百体地蔵は津波のため五十二体に

海桐の実津波に耐へし地蔵尊

父の忌や初綿虫と書き記す

千鳥来よ怒濤響けよ師弟句碑

人住む町人住めぬ町冬夕焼

年流る子は潮風の町に住み

リラ冷え

平成三十一年〜令和三年

四十三句

平成三十一年・令和元年

一条の音ひく列車初山河

ぽつぺんを海へ吹く父まなうらに

厨事終へ一月の海の紺

弾みつつ太鼓打つ子ら春を待つ

啓蟄や歩き始めの児のゆらぎ

蕗の薹摘むてのひらに野の雫

さやさやと芽吹く山音高原忌

リラ冷えや津波のにほひ残る町

昼寝覚め旅の途中と思ひたる

門火焚く家の中より子らの声

師弟碑のほどよきあはひ秋うらら

闘病の声の明るしマスカット

風つつと乗る昇降機十二月

令和二年

白鳥の耀ふ日の出拝みぬ

早春を記すまさらの万年筆

ふらここの軋み潮騒被さりぬ

初夏の潮のひかり鵜ノ尾岬

生き生きと先師の日記薔薇ひらく

もう止むと思ふ雨音辣韮漬け

麦熟れ星阿武隈山の闇深し

けふ小さく畳む夏潮うつせ貝

みどり女の佇ちし山河よ螢来る

山百合や猫塚多き蚕飼村

雲一朶被く蔵王嶺稲を刈る

岬径の小さき日だまり小浜菊

杖をつく媪に似し人野紺菊

考妣に声かけ始む煤払ひ

令和三年

琅玕に五日のひかり女坂

捨て舟の潮に傾く寒土用

マスクとり春潮の香を深々と

若草に置くヘルメット昼休み

日記書き終へ飲むくすり春炬燵

被災地にひらく菜の花迷路かな

球音の突き抜けてゆく雲の峰

実家とふ響き愛しむ夜涼かな

雁渡る空ひろびろとみどり女忌

半鐘と線量計と霧の村

晩学の夫の背深し今日の月

子の描く夕暮美しき秋桜

産土の山の匂ひの林檎買ふ

柊の花ほろほろと遠忌かな

ひと粒の灯台明り年忘れ

大年の日に隠れなき句碑二つ

句集　鵜ノ尾岬　畢

あとがき

俳句をこよなく愛し、情熱を傾ける父只野柯舟を見て育ちましたが、自分が俳句を詠むという事は考えてもおりませんでした。しかし、就職が決まり、初めて家を離れる日が近くなると、何の迷いもなく俳句を詠んでいました。

そして二年間、阿部みどり女先生にご指導を戴きました。やがて退職し、夫の転勤で再び産土の相馬に戻るまで、十五年の間俳句を休んでしまいました。

その後、父の勧めで再び俳句を始め、「継続は力なり」との励ましの下に、八木澤高原、蓬田紀枝子、西山睦各主宰に師事し、休まず俳句を続けてまいりました。

一昨年、体調を崩し入院した折、毎日病院の窓から相馬の海山を眺めながら、詠み続けてきた句を纏めたいという思いを強くしました。西山睦主宰のご助言を戴き、句集を上梓できた事に大いなる幸せを感じております。

句集名の「鵜ノ尾岬」は、相馬市の北東に位置し、東に太平洋、西に松川浦、遠きには阿武隈の山並が見える所にあります。東日本大震災で大きな被害を受けましたが、岬端には灯台が立ち、登り口には、阿部みどり女と父只野柯舟の師弟句碑が、津波の被害から立ち直り、たゆまぬ怒濤音を背にしっかりと建っています。鵜ノ尾岬は私の俳句の原点の地でもあり、四季を通じ、思い立っては出かける大切な場所となっています。

句集を編むために来し方の句を読み返し、俳句は素晴らしい十七文字の日記であることを改めて実感し、これからも続けていく力を得た思いです。今後も主宰の教えを胸に、多くの句友と共に俳句を詠み続けていきたいと切に思っております。

西山睦先生には、ご多忙の中、御選並びに身に余る序文を賜り、感謝の思いでいっぱいです。心より御礼申し上げます。堤宗春様には上梓にあたり、ご協力戴き御礼申し上げます。そして鵜ノ尾岬の句碑守りを一緒にしてくれている夫に感謝しています。最後に、この度の出版に際しまして、朔出版の鈴木忍様には多大のご配慮を戴き厚く御礼申し上げます。

令和六年一月

小泉展子

著者略歴

小泉展子（こいずみ　のぶこ）

昭和21年　福島県相馬市に生まれる
昭和43年　「駒草」入門
　　　　　二年間、阿部みどり女に師事、その後「駒草」を休会
昭和60年　「駒草」に再入会
　　　　　以来、八木澤高原、蓬田紀枝子、西山睦の三代の主宰に師事
平成7年　「駒草」同人
平成12年　俳人協会会員
平成21年　第62回「駒草賞」受賞
現　在　　「駒草」同人、俳人協会会員、宮城県俳句協会幹事

現住所　〒976-0041　福島県相馬市西山字水沢316-72

句集　鵜ノ尾岬　うのおざき

2024年1月25日　初版発行

著　者　　小泉展子

発行者　　鈴木　忍

発行所　　株式会社 朔《さく》出版
〒173-0021　東京都板橋区弥生町49-12-501
電話　03-5926-4386　振替　00140-0-673315
https://saku-pub.com　E-mail　info@saku-pub.com

装　丁　　奥村靫正・星野絢香／TSTJ
扉挿絵　　木島奏歩
印刷製本　中央精版印刷株式会社

ISBN978-4-911090-05-3　C0092　¥2000